LA

GROTTE DE TEYJAT

GRAVURES MAGDALÉNIENNES

PAR

PERRIER DU CARNE

---

9 Figures et 3 Héliogravures

PARIS
C. REINWALD, LIBRAIRE-EDITEUR
15, RUE DES SAINTS-PÈRES, 15

1889

LA

GROTTE DE TEYJAT

GRAVURES MAGDALÉNIENNES

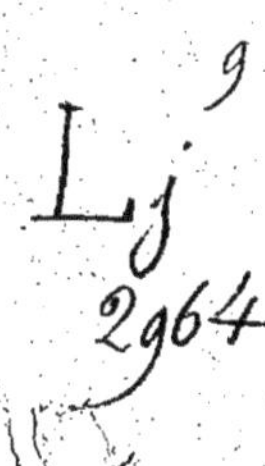

LA

GROTTE DE TEYJAT

GRAVURES MAGDALÉNIENNES

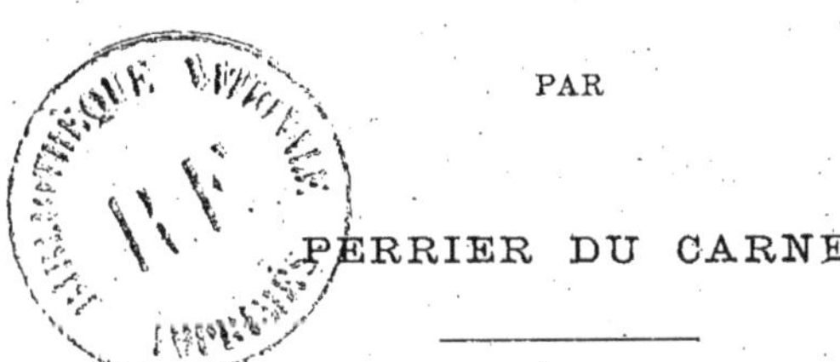

PAR

PERRIER DU CARNE

---

9 Figures et 3 Héliogravures

PARIS
C. REINWALD, LIBRAIRE-EDITEUR
15, RUE DES SAINTS-PÈRES, 15

1889

GROTTE DE TEYJAT

Teyjat est une commune de l'arrondissement de Nontron (Dordogne), située à 4 ou 5 kilomètres de la station de Varaignes.

Près de la maison d'école de cette commune existe une grotte. Sa situation, la proximité d'une source abondante qui prend naissance dans la grotte même, m'avaient donné à penser qu'elle avait pu servir d'habitation aux temps préhistoriques.

La grotte de Teyjat s'ouvre au midi. On accède, par un passage en forme de soupirail si étroit qu'on est obligé de marcher sur les mains, à un vestibule qui, à une distance de 3 ou 4 mètres de l'entrée, se bifurque en deux branches se dirigeant l'une à gauche, l'autre, celle que j'ai fouillée, à droite, vers le nord-est. L'entrée de cette dernière est si basse que l'on doit, pour y pénétrer, ramper à plat ventre.

Après avoir reconnu qu'aucune fouille antérieure n'avait été pratiquée, je fis faire au point A du plan une fosse de un mètre carré environ et à 70 centimètres de profondeur je découvris un premier foyer et des plaquettes de stalagmites portant sur leur face supérieure des traces de feu. Quelques objets en os travaillés, recueillis en cet endroit, m'indiquèrent nettement que la grotte avait été habitée à l'époque Magdalénienne *(Voir Note A)*.

Voici du reste la nomenclature et la désignation sommaire des objets préhistoriques que j'ai recueillis dans la grotte de Teyjat, à une profondeur variant de 45 à 70 centimètres, et qui tous appartiennent à l'industrie de la Madeleine.

Silex

Les silex de Teyjat, au nombre d'une soixantaine, se composent de couteaux, de grattoirs, de burins et de poinçons. J'ai représenté, sous les figures 2, 3 et 4, trois de ces objets.

Arc en bois

Au point C du plan, la pioche ayant fait ébouler un bloc de terre, je vis dans la cassure des restes de bois pourri. Je ne pus en conserver aucune parcelle, car au toucher ces débris tombèrent en poussière, mais en laissant dans la partie adhérente au rocher une empreinte absolument nette, un moule dans lequel, si l'on avait coulé du plâtre, on aurait obtenu un objet ayant la forme d'un bois d'arc, tel que je le représente sous la figure 5.

Cette empreinte mesurait 1 mètre 35 de long sur une largeur maxima de 3 centimètres et une profondeur de 2 centimètres 1/2.

L'emploi de l'arc à l'époque Magdalénienne est, du reste,

suffisamment établi par l'existence de pointes de flèches dans la plupart des stations de cette époque.

Os et Cornes travaillés

Les os et cornes travaillés consistent en 3 baguettes en bois de Renne, probablement des fragments de pointes de sagaies. L'une d'elles, la plus longue (figure 6), est munie dans toute sa longueur d'un canal assez profond.

La base taillée en biseau et striée d'une pointe de sagaie.

Une pointe de harpon (figure 7).

Un fragment de harpon barbelé (figure 8).

Le tout en bois de renne.

3 lissoirs en corne, dont l'un est représenté sous la figure 9. Ces lissoirs servaient à abattre les coutures des vêtements faits de peaux de bêtes et, en les introduisant entre cuir et chair, à écorcher les animaux.

Des os sur lesquels ont été levées des esquilles destinées probablement à la fabrication des aiguilles.

Enfin un bois de renne dont l'andouiller et l'extrémité ont été détachés.

Os gravés

Ma découverte la plus intéressante dans la grotte de Teyjat est certainement celle des os gravés, représentés sous les figures 10, — 11, — 12, — 13, — 14, qui se trouvaient enfouis dans l'endroit indiqué au point B du plan à une profondeur de 70 centimètres.

Le premier de ces os (figure 10) est un sacrum en partie brisé. Il porte sur sa face interne le dessin gravé au burin d'un cheval à crinière et toupet érigés ou plutôt taillés très courts, à la hussarde, ainsi qu'on le pratique généralement de nos jours sur les poneys et les chevaux de petite taille (1).

Il est à remarquer que ce cheval n'a pas la queue garnie de crins dans la partie la plus voisine de la croupe, la seule qui soit apparente dans la gravure, au contraire le tronçon est nu.

Dans plusieurs stations Magdaléniennes on a découvert des ossements d'un équidé plus petit que le cheval ordinaire. (Voir notamment *le Préhistorique*, par G. de Mortillet, page 462, 2e édition).

Certains archéologues attribuent ces ossements à une race de poneys, d'autres à l'âne.

L'équidé de Teyjat a bien l'aspect du poney : corps trapu, cou épais, tête forte, oreilles courtes; mais d'un autre côté la queue, dégarnie de crins à sa naissance, ressemble à celle de l'âne ou du zèbre.

Cette particularité est d'autant plus remarquable qu'elle ne se retrouve plus dans l'autre gravure (figure 11), représentant 3 chevaux, trouvée par moi dans cette même grotte de Teyjat.

Je pense donc qu'il a pu exister à l'époque Magdalénienne

(1) On a trouvé dans la grotte de Creswell (Angleterre), une gravure représentant un cheval qui paraît aussi avoir la crinière coupée.

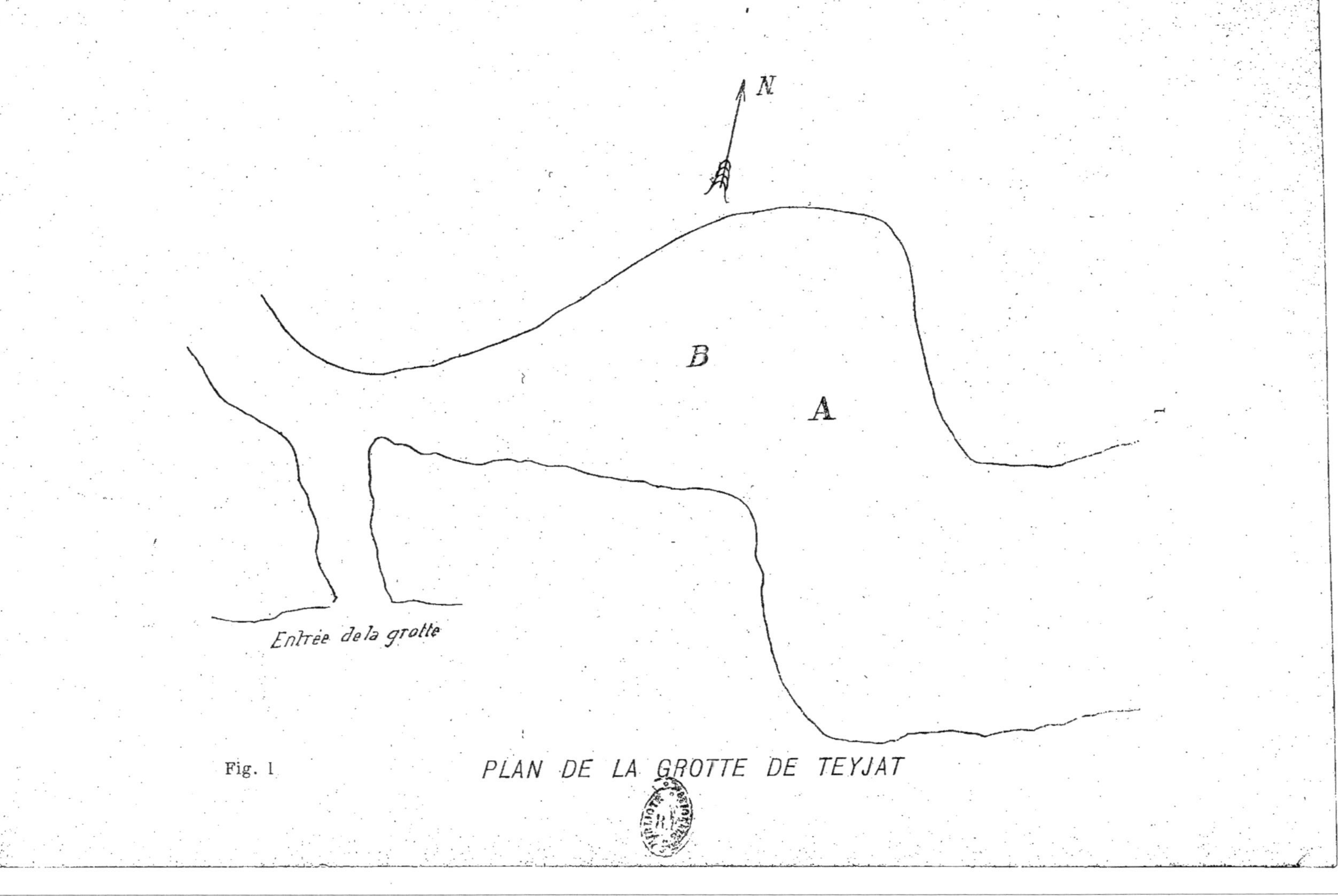

Fig. 1 PLAN DE LA GROTTE DE TEYJAT

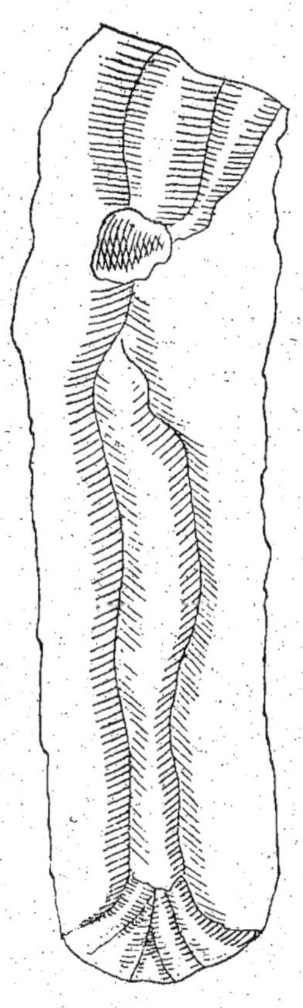

Grattoir (G. N.)

Fig. 2

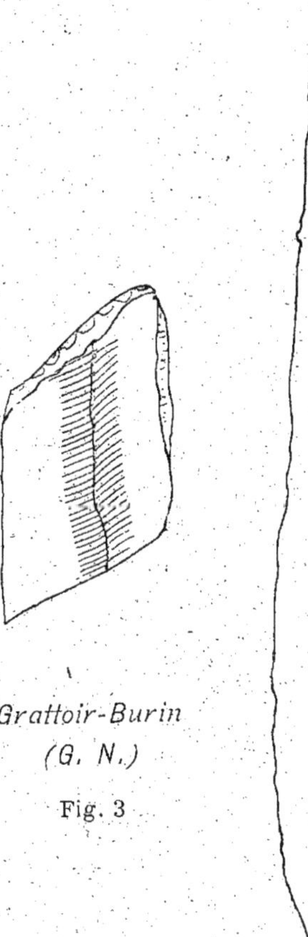

Grattoir-Burin (G. N.)

Fig. 3

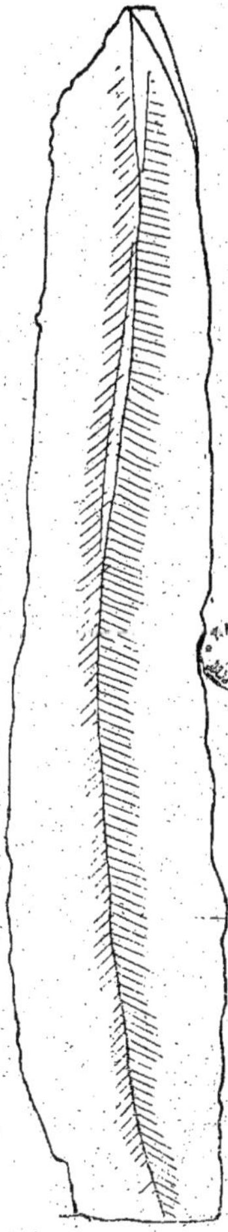

Burin (G. N.)

Fig. 4

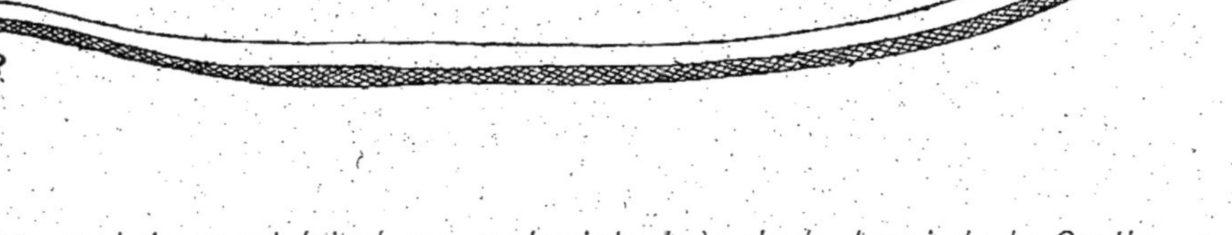

Arc en bois ayant laissé son empreinte près de la paroi de la Grotte.

(A à B : Partie de terre éboulée sans laisser l'empreinte apparente).

Fig. 5

IV

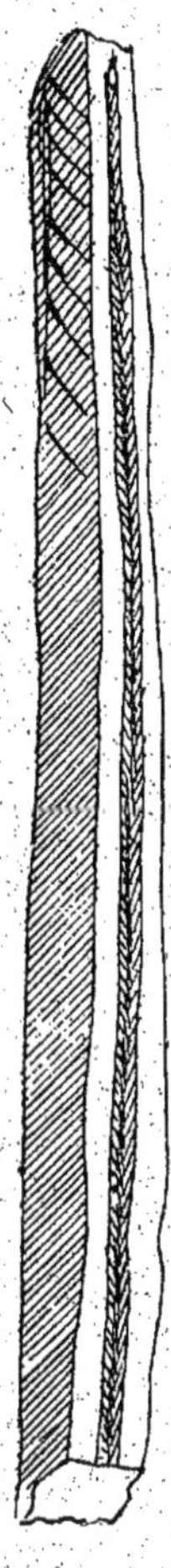

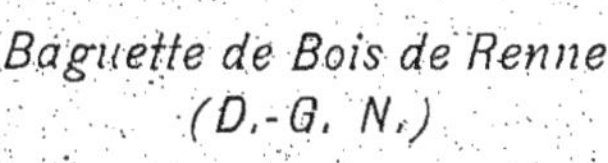

Baguette de Bois de Renne (D.-G. N.)

Fig. 6

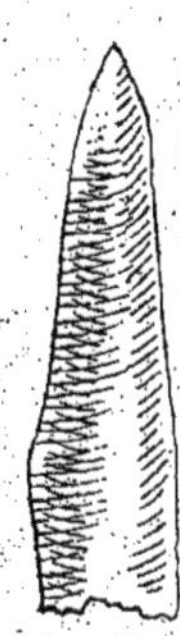

Fragment de Harpon en Bois de Renne (G. N.)

Fig. 7

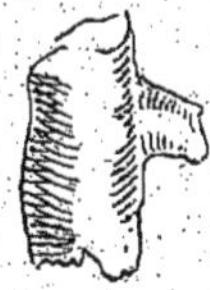

Fragment de Harpon barbelé en Bois de Renne (G. N.)

Fig. 8

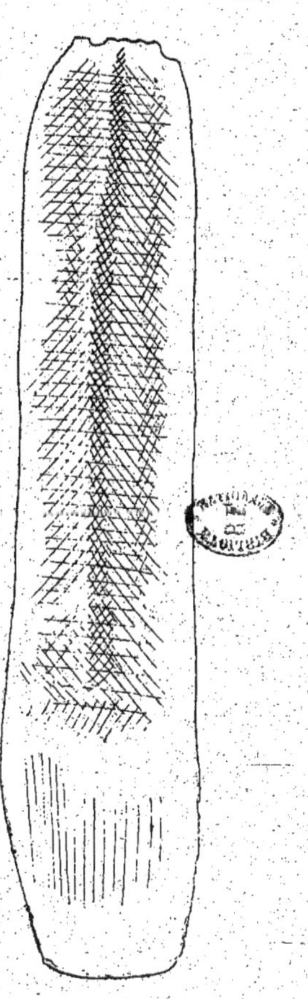

Lissoir (G. N.)

Fig. 9

un équidé aujourd'hui disparu, forme ancestrale de l'âne ou du cheval et participant des deux.

Peut-être la crinière courte et droite dont nous parlons ci-dessus est-elle aussi une forme ancestrale aujourd'hui modifiée, sinon il faudrait admettre qu'elle a réellement été taillée par l'homme, ce qui obligerait à conclure qu'à l'époque de la Madeleine le cheval était réduit en domesticité. Nous verrons du reste ci-après les faits qui militent en faveur de la domestication du cheval à la fin des temps quaternaires.

Le second os gravé est un os d'oiseau.

Il porte 3 chevaux se suivant la tête haute et paraissant marcher à une allure rapide, car les jambes sont fortement rejetées en arrière sous le corps de l'animal.

Ces chevaux sont très finement gravés ; des traits légers sur l'encolure, près du garrot, indiquent nettement une crinière retombante.

Les deux gravures figurées sous les numéros 12 et 13 représentent l'auroch ou bison quaternaire (Bos priscus ou bison Europœus). Le développement de la partie antérieure du corps, la petitesse de la croupe, le dos arqué et comme bossu, les cornes courtes et peu courbées, la touffe de poils existant autour de la mâchoire, sont parfaitement indiqués.

Ces deux bovidés paraissent avoir été frappés de sagaies : le premier à l'encolure et à l'épaule, le second au flanc, près de la jambe de derrière. C'est, je crois, ce que le graveur a voulu représenter par des traits parallèles se trouvant sur ces parties du corps.

La figure 14 représente aussi un bovidé, mais l'artiste, mécontent de la première esquisse, l'a en partie surchargée et le dessin est resté incomplet.

Ce troisième bovidé possède, comme les deux précédents, la bosse et la touffe de poils, signes caractéristiques du bison (1).

Toutefois, la plupart des auteurs étant en désaccord sur les caractères distinctifs de l'Auroch et de l'Urus, du bison et du bœuf primitif, je vais, pour éviter toute équivoque, rapporter la définition qu'ont donnée de ces bovidés deux auteurs compétents à deux titres différents, l'un comme naturaliste, l'autre comme archéologue : Buffon et M. de Mortillet.

Buffon s'exprime ainsi :

« On a trouvé autrefois dans les parties désertes de l'Europe des bœufs sauvages, les uns sans bosse et les autres avec une bosse. Le bœuf sans bosse se nommait urochs et turochs dans la langue des Germains, et le bœuf sauvage à bosse se nommait visen dans cette même langue.

» Les Romains, qui ne connaissaient ni l'un ni l'autre de ces bœufs sauvages avant de les avoir vus en Germanie, ont adopté ces noms : de urochs, ils ont fait urus, et de visen, bison.

« Une autre différence qui se trouve entre l'Aurochs et le Bison, est la longueur du poil ; le cou, les épaules, le dessous de la gorge, dans le Bison, sont couverts de poils très longs ; au lieu que dans l'Auroch, toutes ces parties ne sont revêtues que

(1) Ces trois derniers dessins ont été gravés sur la même cote qui s'est brisée en trois fragments, et la croupe du bœuf (figure 13), se trouve sur le troisième fragment, près de la cassure.

d'un poil assez court et semblable à celui du corps, à l'exception du front qui est garni de poil crêpu. »

Et plus loin : « Et Pausanias, en parlant des taureaux de Pœonie, dit en deux endroits différents que ces taureaux sont des bisons; il dit même expressément que les taureaux de Pœonie, qu'il a vus dans les spectacles de Rome, avaient des poils *très longs sur la poitrine et autour des mâchoires.* »

M. de Mortillet, de son côté (*Le Préhistorique,* page 381, 2e édition), décrit ainsi qu'il suit l'urus et le bison :

« Le véritable grand bœuf quaternaire, caractérisé par un dos à peu près rectiligne, des membres trapus, un front aplati à sommet en ligne droite, des cornes s'insérant au niveau du sommet du front, très longues, recourbées et rabattues en avant, surtout dans la femelle, est bien l'Urus — Bos primigenius de Bojanus — Bos Urus Priscus de Schlotteim — Taurus fossilis de Baer, auquel on pourrait encore rapporter quelques synonymes moins connus.

» Le bison quaternaire, à partie antérieure du corps très fortement développée proportionnellement, à dos très élevé et très arqué, ce qui fait que les apophyses épineuses des vertèbres dorsales sont fort allongées, à membres plus élancés que dans les bœufs ordinaires, à front arrondi, dépassant l'insertion des cornes, à cornes divergentes faiblement courbées, peu allongées, bien que très grosses, est bien l'Auroch, auroch fossile de Cuvier, — Bos Buffalus de Pallas — Bos Priscus de Bojanus — Bison Europeus et Bonassus bison des auteurs actuels. »

Les Bovidés qui sont représentés sur la cote que j'ai recueillie à Teyjat sont donc, d'après M. de Mortillet, l'Auroch ou Bison Europœus; d'après Buffon, le Visen ou Bison.

J'ai recueilli dans cette même grotte de Teyjat quelques fragments d'os portant des gravures très incomplètes.

On a trouvé dans les stations Magdaléniennes des mortiers de petite dimension et de la sanguine. La plupart des auteurs qui ont étudié les temps préhistoriques sont d'avis que cette sanguine broyée dans les mortiers servait au tatouage.

Je ne sais si les hommes de la Madeleine se tatouaient, la chose est parfaitement possible, dans tous les cas je vois à la sanguine un autre emploi.

Les hommes préhistoriques de nos contrées n'ont pratiqué qu'à l'époque Magdalénienne la gravure sur os. Cette gravure est généralement peu profonde, par conséquent peu apparente, mais remplissez de sanguine pulvérisée et délayée le trait gravé, vous aurez un dessin ressortant vigoureusement en rouge sur le fond blanc de l'os, une nielle.

Et ce qui me confirme dans cette opinion que la sanguine servait à nieller les gravures, c'est qu'on voit apparaître les mortiers à l'époque où le sentiment artistique est né dans nos contrées, c'est-à-dire à l'époque de la Madeleine et en même temps qu'elle ils disparaissent.

Domestication du Cheval

L'homme de la Madeleine aimait à reproduire le cheval; c'est, avec le renne, l'animal qu'il a le plus souvent gravé.

On a recueilli des dessins Magdaléniens représentant le

cheval non seulement en France, mais encore en Angleterre, dans la grotte de Creswell; la gravure découverte dans cette dernière grotte offre même un intérêt tout particulier. Elle représente, ainsi que celle que j'ai trouvée à Teyjat (fig. 10), un cheval qui paraît avoir les crins coupés (*Matériaux pour servir à l'Histoire de l'Homme*, année 1878, page 208).

Doit-on conclure de l'ensemble de ces faits que le cheval était réduit à la domesticité à la fin de l'époque quaternaire?

Les archéologues, qui ne croient pas à la conquête du cheval par l'homme quaternaire, objectent que l'on n'a pas encore trouvé le chien dans les grottes et abris de cette époque, et que le chien paraît avoir été chez tous les peuples le premier animal soumis à la domesticité.

Je ne crois pas cependant que de ce fait on puisse conclure à la non domestication du cheval.

Le chien, même à l'état sauvage, était extrêmement rare dans les temps quaternaires; on ne l'a rencontré dans aucune station Solutréenne et il n'a été signalé qu'à titre absolument exceptionnel dans les grottes Magdaléniennes.

Voilà donc une raison majeure pour qu'on ne l'ait pas réduit à l'état domestique.

Il n'en est pas de même du cheval qui est, au contraire, très répandu dans ces mêmes stations et grottes.

L'homme de la Madeleine et de Solutré a dû chercher aussi à se rendre maître tout d'abord de l'animal qui pouvait lui être le plus utile. Or, le cheval lui offrait à la fois une nourriture abondante et une monture rapide; il est donc naturel qu'il se soit efforcé de le capturer avant tout autre animal.

On objecte, en outre, que l'homme de Solutré n'ayant pas d'écuries pour enfermer les chevaux, aurait été obligé de les laisser à l'air libre, c'est-à-dire à moitié sauvages, et qu'il n'avait pas de chiens pour les garder (M. de Mortillet, *Le Préhistorique*, 2e édition, page 388).

L'homme de Solutré n'avait pas d'écuries, c'est vrai, mais les Peaux-Rouges ou les Patagons, pour ne citer que ces deux peuplades, en ont-ils? Et pourtant nul autre n'attache à la possession du cheval une plus grande importance.

A défaut d'écuries, au surplus, l'homme pouvait profiter, pour empêcher les chevaux de fuir, des obstacles naturels, tels que les cours d'eau et les falaises abruptes qui bordent souvent les vallées étroites, ou même les entraver, ainsi que le font la plupart des peuples nomades.

Quant au chien, je le crois plus apte à protéger les chevaux contre l'attaque des fauves qu'à garder utilement des animaux aussi agiles et aussi rapides.

Et puis pourquoi, si le cheval n'avait pas été réduit à l'état domestique, trouverait-on tous les os de son squelette dans le gisement de Solutré, tandis que l'on ne recueille dans les stations et les abris préhistoriques que les os des membres des animaux qui vivaient à l'état sauvage, les peuples chasseurs ayant l'habitude de dépecer sur place les animaux qu'ils tuent à la chasse et de n'emporter que les parties charnues, telles que les épaules et les cuisses. Ces chevaux, objecte-t-on, étaient pris à la chasse et amenés vivants dans le lieu où l'on devait les abattre. Mais ce fait même, de la part de l'homme, d'imposer sa volonté à un animal vivant, de l'amener à un endroit déterminé, de le contraindre à une obéissance passive, ne constitue-t-il pas le premier acheminement à la domestication ?

Enfin, si le cheval n'avait pas été conquis à la fin des temps quaternaires, comment pourrait-on expliquer cette gravure trouvée précisément à la Madeleine et qui représente deux chevaux accompagnés d'un homme portant un bâton sur l'épaule dans l'attitude d'un gardien ?

En présence de ces faits, je crois que l'on doit attribuer à l'homme de Solutré et de la Madeleine la conquête du cheval, et s'il n'en a pas fait immédiatement un animal domestique dans le sens absolu du mot, du moins, en séparant des troupes de chevaux qui ont continué à vivre à l'état sauvage un nombre considérable d'individus qu'il s'est approprié, il a commencé cette domestication qui est devenue définitive à l'époque suivante : celle de la pierre polie et des dolmens.

. . . .

L'époque de la Madeleine est une des étapes de l'humanité les plus intéressantes à étudier.

Jusque là, qu'il ait pris pour arme la hache de Chelles, la pointe de Moustier, la flèche ou la lance de Solutré, qu'il ait attaqué l'ours et le mammouth, le cheval ou le renne, l'homme n'avait eu qu'un but, tuer pour se nourrir ou disputer aux bêtes féroces les cavernes qu'elles habitaient, et lorsque la chasse avait été fructueuse, lorsque l'homme s'était abondamment repu dans l'antre qu'il avait conquis, c'était bien.

L'homme de la Madeleine, lui, ne vit plus seulement dans la nature une chose utile créée pour satisfaire ses besoins matériels, il sut en comprendre l'idéale beauté. Il était né chasseur, il devint artiste.

Et qu'on ne méprise pas ses premiers essais, car si la main est encore inhabile, l'intelligence sait déjà voir, comprendre et exprimer.

Les œuvres gravées ou sculptées qui ont été recueillies dans les stations Magdaléniennes, ne sont pour la plupart que des ébauches, et cependant on reconnaît à première vue l'animal représenté par l'artiste, la pose qu'il a saisie pour le reproduire, qu'il ait voulu peindre des animaux féroces tels que le mammouth de la Madeleine, l'ours des cavernes de Massat, l'Auroch de Laugerie-Basse, ou le renne paisible qui paissait les prairies de Tayngen.

L'homme de la Madeleine avait donc fait un grand pas vers le progrès, il avait inventé l'art, s'il m'est permis de m'exprimer ainsi *(Voir Note B.)*

Depuis l'art, le besoin d'idéal, l'intelligence humaine ont continué leur évolution.

Si à l'époque de la pierre polie nous ne trouvons plus la gravure sur os, les sculptures naïves, nous voyons l'homme élever des dolmens dont quelques-uns, ceux de Gavr'inis et d'Epône, par exemple, portent gravés sur leurs pierres des signes encore indéchiffrés, premiers essais d'une langue écrite, d'un besoin de perpétuer et de transmettre la pensée.

A l'époque de la Madeleine, l'homme manifestait ses premières aspirations intellectuelles en représentant la nature; à l'époque de la pierre polie, il édifiait des monuments pour abriter ses morts et affirmer sa croyance à l'immatériel.

Et le progrès, tantôt d'un pas lent, tantôt d'un pas rapide, a continué sa route.

NOTES

A. — L'époque Magdalénienne est la dernière des temps quaternaires, elle a suivi l'époque Solutréenne et précédé immédiatement celle de la pierre polie. Elle tire son nom de la station de la Madeleine, située sur les rives de la Vézère, arrondissement de Sarlat (Dordogne), et est caractérisée par les instruments et armes en os et cornes de cervidés, et les premières œuvres gravées ou sculptées.

La station de la Madeleine a été fouillée par Lartet et Christy et par M. de Vibraye. Les gravures qu'ils y ont découvertes représentent l'Homme, le Renne, l'Auroch, le Cheval et un Poisson. M. de Vibraye y a en outre recueilli une statuette de femme, connue depuis sous le nom de Vénus impudique.

B. — M. de Ferry a recueilli, à Solutré, deux sculptures sur pierre, représentant des Cervidés ; mais on doit remarquer que ces sculptures se trouvaient dans la couche tout à fait supérieure du dépôt, par conséquent la moins ancienne, et rien ne prouve d'une façon absolue qu'elles soient contemporaines des pointes de lance en feuille de laurier ; mais admettant même cette contemporanéité, on se trouverait en présence d'un fait isolé, car aucune découverte similaire n'a été faite dans les stations solutréennes, dont beaucoup cependant ont été étudiées avec le plus grand soin, et ce fait, absolument exceptionnel, ne pourrait prouver qu'une chose, l'aptitude d'un individu, mais non la tendance d'une époque ni d'une race.

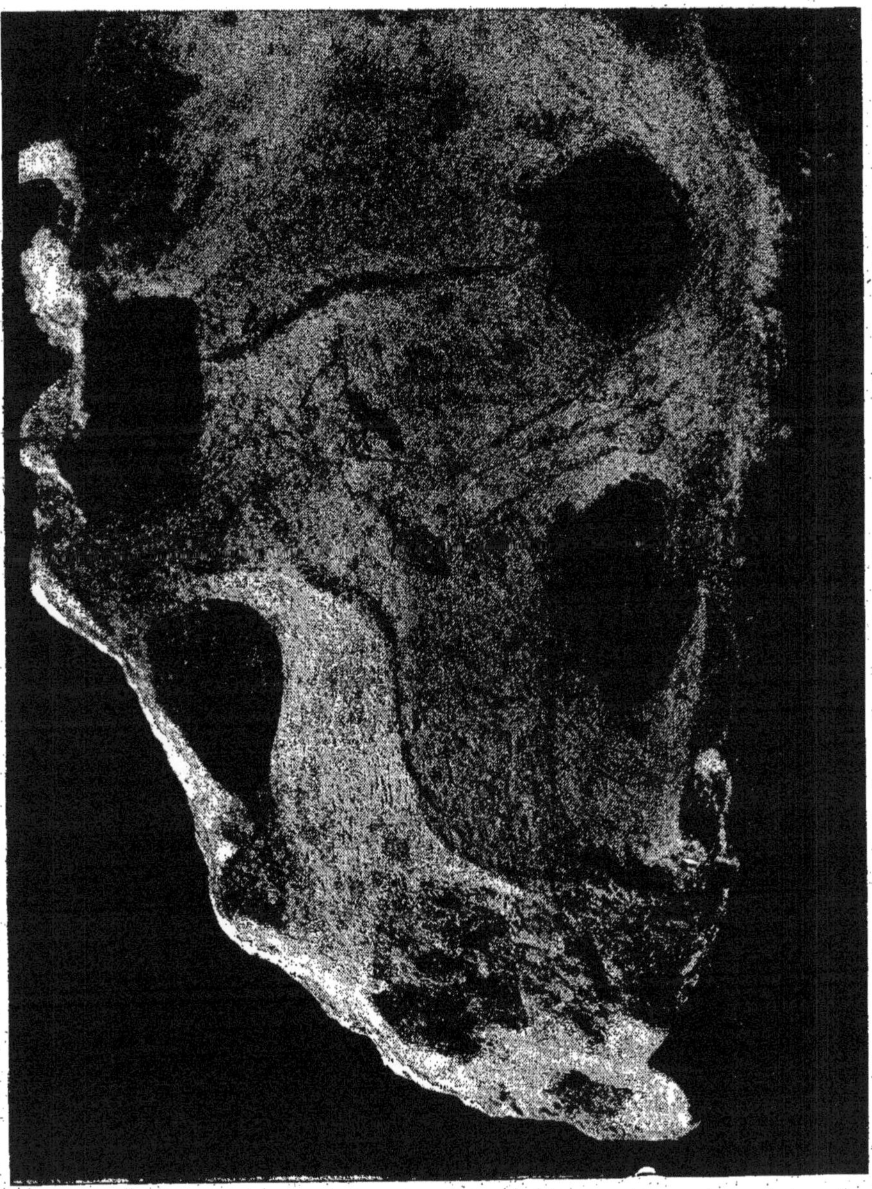

Fig. 10

Fig. 11

Fig. 12 — 13 — 14

29

www.ingramcontent.com/pod-product-compliance
Ingram Content Group UK Ltd.
Pitfield, Milton Keynes, MK11 3LW, UK
UKHW022141260726
13993UKWH00005B/2075

9 782019 996017